EL GRAN LIBRO DE LA AMISTAD

Título original: *The Big What are friends for? Storybook*
Traducción: Silvia Márquez

© 2003 para la lengua española:
Ediciones Beascoa, Random House Mondadori, S.A.
Travessera de Gràcia, 47-49. 08021 Barcelona

Texto © 1998, 1999, 2001, Sally Grindley
Ilustraciones © 1998, 1999, 2001, Penny Dann

Publicado por primera vez en Reino Unido
por Kingfisher, 2002

ISBN 84 488 1735 4

Impreso en Singapur

EL GRAN LIBRO DE LA AMISTAD

SALLY GRINDLEY
ILUSTRADO POR PENNY DANN

BEASCOA

Sumario

¿Para qué son los amigos?

El oso Perezoso y el zorro Calcetines
caminaban un día por el bosque soleado.
—Perezoso —preguntó Calcetines—,
¿tú eres mi amigo?

—Sí —dijo Perezoso—. Yo soy tu amigo y tú eres el mío.

—Pero, ¿para qué son los amigos? —preguntó Calcetines.

—Bueno... —dijo el oso—. Los amigos son para jugar.

—¡Viva! —exclamó
Calcetines—. Vamos
a jugar al escondite.

—De acuerdo —asintió
Perezoso—, tú
te escondes
primero.

Calcetines se escondió en un tronco hueco.

Perezoso miró en todas partes,

pero no lo encontró.

Cuando le tocó a él,
se escondió tras el tronco
de un árbol.

Calcetines lo encontró
enseguida.

—Tú eres mejor que yo
en esto —dijo Perezoso.

—Esta vez te lo pondré
más fácil —dijo el zorro,
y se escondió bajo unas
hojas pero dejó asomar la
la punta de su cola.

Al día siguiente, Calcetines preguntó:

—Perezoso, ¿para qué son los amigos?

—Bueno —respondió el oso rascándose la cabeza—, los amigos son para compartir.

—Nosotros compartimos, ¿verdad, Perezoso? Compartimos el sol y las colinas y los árboles.

—Sí —dijo el oso —, compartimos muchas cosas.

—¿Qué comparten los mejores amigos? — preguntó Calcetines.

—Pues—empezó a decir Perezoso—,
los mejores amigos comparten las cosas
que más les gustan.

Calcetines pensó un ratito y salió disparado
hacia el bosque. Cuando volvió, arrastraba
un enorme arbusto
lleno de moras.

—¿Quieres unas cuantas, Perezoso? —preguntó el zorrito—. Las moras me encantan. Están buenas, ¿verdad?

—De-li-cio-sas —dijo el oso.

Aquella tarde, unos gritos de dolor despertaron a Perezoso de su siesta.

¡Uy!

¡Ay!

¡Ay!

¡Ay!

¡Uy! ¡Uy! ¡Ay! ¡Ay!

—Ya voy —gritó—.
¿Qué pasa?

19

Encontró a Calcetines tumbado en el suelo.

—Tienes una espina clavada en la pata. No te muevas y te la sacaré.

—¿Me dolerá? —gimoteó Calcetines.

—Seré tan delicado como pueda —dijo Perezoso.

Calcetines se asustó al ver
los colmillos afilados
de su amigo, pero no
se movió. El oso cerró
sus dientes alrededor
de la espina
y tiró de ella.

En cuanto ésta salió,
Calcetines comenzó a saltar
y a hacer piruetas.

—Gracias, Perezoso —dijo
Calcetines—. Gracias por ayudarme.
—Para eso están los amigos
—dijo el oso.

Al día siguiente por la tarde, Perezoso
dormía su siesta al sol. Calcetines quería jugar.
Se arrastró detrás de él y gritó...

¡BUU!

El oso pegó un bote del susto. Calcetines corría
dando vueltas y vueltas gritando
"¡Te he asustado! ¡Te he asustado!",
mientras reía y movía la cola.

A Perezoso
no le pareció divertido.

—Vete, Calcetines —dijo—. Me has hecho enfadar.

—Pero yo quiero jugar —dijo Calcetines.

—Y yo quiero dormir —dijo Perezoso—. Un gran oso pardo necesita dormir.

—Y un pequeño zorro rojo necesita jugar —dijo Calcetines.

—Pues vete a jugar a otra parte —dijo el oso Perezoso.

—Ya no eres mi amigo —gimoteó Calcetines,
y se marchó apesadumbrado.

Cuando el oso se despertó a la mañana siguiente, se sintió mal por haber contestado mal a su amigo.

"Hoy jugaré con él", se dijo.

Pero Calcetines no apareció.

Perezoso empezó a preocuparse.
Fue a su madriguera y le llamó:
    —Calcetines, soy yo, Perezoso.
        ¿Estás bien?

No hubo respuesta.

La preocupación de Perezoso creció. Caminó hasta la orilla del río y volvió a llamarle:

—¿Dónde estás, Calcetines?

Pero no hubo respuesta.

Perezoso estaba cada vez más preocupado.
Caminó a través del bosque llamándole:
—Sal, Calcetines. Soy yo, Perezoso.

Pero seguía sin haber respuesta.

Por fin llegó al árbol hueco en el que habían jugado al escondite y vio, asomando, la punta de una cola.

—Calcetines, ¿eres tú?
—llamó—. Soy Perezoso.

Escuchó y le pareció
oír algo.

Puso atención y estuvo
seguro de haber oído
un sollozo.

El sollozo se oyó
más y más alto
hasta convertirse
en un

grande,

enorme

SOLLOZo.

—¿Calcetines? —dijo Perezoso.

—Sí —lloró Calcetines.

—Sal, por favor —dijo Perezoso—.
Te echo de menos.

—Lo siento, Perezoso —dijo Calcetines—.
No quería hacerte enfadar.

—Y yo siento haber sido tan cascarrabias
—dijo Perezoso—. Vamos a jugar.

—Perezoso —dijo sollozando Calcetines—,
¿significa eso que todavía eres mi amigo?

—Claro que soy tu amigo —dijo Perezoso—.
Los amigos son para siempre.

¿Qué voy a hacer sin ti?

Faltaba poco para el invierno. El oso Perezoso estaba gordo y su piel se bamboleaba más que nunca.

—¿Vamos a dar un paseo? —preguntó Calcetines.

—No tengo tiempo de pasear, Calcetines —dijo Perezoso—. Necesito comer. Me estoy preparando para hibernar.

—¿Qué es hibernar? —preguntó Calcetines.

—Irse a dormir y no despertar hasta que llega la primavera.

—Pero, ¿qué voy a hacer sin ti? —preguntó Calcetines.

—Volveré antes de lo que piensas —dijo Perezoso.

—¡No quiero que te vayas! —protestó Calcetines.

El aire se volvió gélido.

—Hora de acostarse —bostezó Perezoso.

—No te vayas todavía —dijo Calcetines.

—Lo siento, amiguito. Un gran oso pardo necesita dormir.

El oso Perezoso le abrazó fuerte a
Calcetines y desapareció dentro de su cueva.
—Te echaré de menos —dijo Calcetines.

PITI

PATA

PITI

PATA

PITI

PATA

PITI

A la mañana siguiente nevaba. Calcetines no había visto nunca la nieve. Corrió a contárselo a Perezoso.

¡ZZz zzz zzz!

—Perezoso, ¿estás dormido? —llamó.
El rumor de un ronquido resonaba
en la cueva. Calcetines dio un puntapié.

—¿Qué tiene de bueno la nieve
si tu mejor amigo no está contigo
para compartirla?

¡FIUU! ¡FIUU! ¡FIUU!

Los hermanos de Calcetines
estaban tirándose bolas de nieve.

—¿Puedo jugar? —preguntó Calcetines.
—Si quieres... —dijo Manchota.

—¡Toma ésta! —dijo Orejones.

¡FIUU!

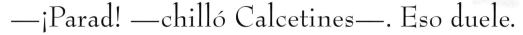

—¡Parad! —chilló Calcetines—. Eso duele.

—Tú quisiste jugar —dijeron,
y salieron corriendo.

—No haríais esto si Perezoso
estuviera aquí —lloró Calcetines.

Entonces tuvo una idea...

Empujó y aplanó nieve durante todo el día.

Durante todo el día la hizo rodar, la vació
y la moldeó.

Al final, encontró
tres piedras negras
y una ramita.

Retrocedió un poco.

—Cada vez que mire a mi Gran Oso
Blanco de Nieve pensaré en Perezoso —dijo.

¡PUM! ¡PUM! Cuando Calcetines despertó
a la mañana siguiente encontró a Manchota
y Orejones bombardeando al Oso de Nieve.
   —¡Parad! —lloró—. Dejadle en paz.
   —Llorica, llorica —se rieron
sus hermanos mientras escapaban.

Calcetines se sentía muy solo.
Dejó ir un gran sollozo.

Entonces empezó a enfadarse.
Si Perezoso era su amigo,
¿por qué le dejaba solo
tanto tiempo?

¡FIUU!, le tiró una bola
al Oso de Nieve.

¡FIUU!, y otra.

Y otra más: ¡FIUU!

—¡Oye, no hagas eso! Lo estropearás
—dijo una voz.

Era Coleta, la ardilla.

—Perezoso ya no es mi amigo —dijo Calcetines.

—¿Por qué no? —preguntó Coleta.

—Porque no está aquí cuando le necesito.

—Pero él necesita dormir —dijo Coleta—. Y yo necesito ayuda. Tengo que encontrar las nueces que escondí en otoño.

Coleta señalaba los sitios donde creía que estaba escondida su comida.

Calcetines cavaba en la nieve y en la tierra.

—¡Una para ti! —exclamaba cada vez que encontraba una nuez.

—¡Una para mí! —gritaba cada vez que encontraba una lombriz.

Día tras día la nieve seguía cayendo. Calcetines y Coleta corrían por el bosque haciendo dibujos con sus huellas.

Rompían carámbanos
y miraban cómo se
derretían entre sus patas.

Y juntos
reconstruyeron
el Gran Oso Blanco
de Nieve.

Al final del día, Calcetines iba siempre a ver al Gran Oso Blanco de Nieve.

—Espero que a Perezoso no le importe que tenga una amiga —dijo.

Poco a poco, los días empezaron a ser más cálidos.

—¡El Oso de Nieve se está derritiendo! —exclamó Calcetines—. ¿Qué está pasando?

—Ya llega la primavera —dijo Coleta.

¡PUM! ¡PUM!

De repente aparecieron Manchota y Orejones.

Se subieron al Oso de Nieve y empujaron **FUERTE...**

¡UUPS!

La cabeza del Oso de Nieve
rodó colina abajo.

¡GRRR!

—¡ESO DUELE —rugió una voz profunda.

Manchota y Orejones salieron corriendo.

Allí estaba el oso Perezoso, rascándose la nariz.
—Es una buena bienvenida —dijo.

—¡Perezoso! —gritó
Calcetines—. Te he echado
tanto de menos... Hice un
Oso de Nieve para
acordarme de ti, y
espero que no te
importe que yo...

—¿Sí? —dijo Perezoso.
—...Haya hecho una
nueva amiga:
ésta es Coleta.

El oso Perezoso rió: —Despacio, Calcetines.
Vamos todos a dar un paseo y me explicáis
lo que habéis hecho sin mí.

¿Me perdonas?

Perezoso estaba en lo alto de un árbol comiendo miel.
—Guarda un poco para nuestro banquete
de medianoche, Perezoso —le dijo Calcetines.

En aquel momento aparecieron
los hermanos de Calcetines.

—¡Oye, mira este palo con nudos —
dijo Manchota.

—¡Es el palo de rascarse de Perezoso!
—gritó Calcetines—. Déjalo donde estaba.
Lo vas a romper.

—¡Miedica! —se burló Manchota,
y entonces lanzó el palo al aire.

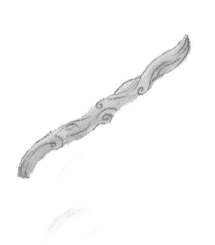

Orejones aún lo tiró
más alto.

—Seguro que Calcetines ni siquiera
puede lanzarlo —dijo Orejones.

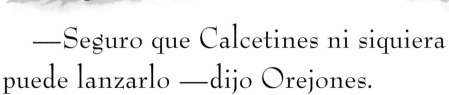

—Pues claro que sí —dijo Calcetines
enfadado. Tomó el palo...

y lo lanzó.

Y subió, subió y subió...

¡AY!

Y golpeó a Perezoso en la cabeza.

Entonces Manchota cogió el palo.
—Vamos a esconderlo —dijo,
y los hermanos salieron corriendo,
mientras se reían disimuladamente

Perezoso bajó del árbol.

—Algo me golpeó la cabeza —le dijo a Calcetines.

—¿Sí? —murmuró Calcetines.

—Sí —rugió Perezoso.

—Ahora me iría bien una buena rascadita. ¿Dónde está mi palo de rascarse?

Calcetines miró al suelo.
—No lo sé, Perezoso —dijo,
y sus orejas se sonrojaron y el
hocico le empezó a temblar.

—Pues me puedo enfadar mucho si no aparece
—dijo Perezoso, mirando a Calcetines muy de cerca.

Calcetines corrió a buscar el palo.

Lo buscó en la madriguera de sus hermanos...

Lo buscó a lo largo de toda la orilla...

Lo buscó en el árbol hueco...

—¿Qué pasa, Calcetines? —llamó una voz.

Era Coleta.

—Perezoso ha perdido su palo de rascarse, y ha sido por mi culpa —dijo Calcetines—. ¡Tengo que encontrarlo!

—¿Y no sirve cualquiera —preguntó Coleta.

—No —dijo Calcetines—. Es el preferido de Perezoso. Tiene bultos y nudos donde tiene que tenerlos, según dice.

—Quizás deberías contarle a Perezoso lo que
pasó —dijo amablemente Coleta.

—Entonces dejaría de ser mi amigo y no
celebraríamos nuestro banquete de medianoche
—se quejó Calcetines.

Calcetines caminaba
apesadumbrado.

¡BUU!

Calcetines se giró y encontró a Perezoso rascándose la espalda contra un árbol.

—No puedo llegar a todos los rincones sin mi palo de rascarme —se quejó.

Calcetines notó que su orejas enrojecían y su nariz empezaba a temblar. No le gustaba aquella sensación. Quería explicarle todo a Perezoso.

—Perezoso... —comenzó—. Yo... ¡me tengo que ir! —y arrancó a correr mientras Perezoso decía: —¿Y qué hay de nuestro banquete?.

Calcetines corrió y corrió...

y se topó con Rayado, el tejón.

—¡Cuidado! —protestó Rayado.
—Lo siento —se disculpó Calcetines.
Entonces vio que Rayado llevaba un palo nudoso.

—¡Lo has encontrado!
—gritó nervioso.
—¿Encontrado qué?
—dijo el tejón.
—El palo de rascarse
de Perezoso —dijo Calcetines.

—*Mi* palo de caminar —dijo Rayado—.
Lo encontré en mi madriguera. Ahora es mío.
—¡Pero lo necesito! —suplicó Calcetines.

—Bueno, quizás quiera cambiarlo por algo —dijo Rayado—. Mmm, sí... ¿Qué tal por un poco de miel?

"¿Dónde puedo encontrar miel?", se preguntó Calcetines. Entonces recordó el árbol de Perezoso.

A Calcetines
le horrorizaba subirse
a los árboles.

"Tengo que hacerlo",
se dijo, "si no recupero ese
palo, Perezoso nunca
me perdonará".

Comenzó a subir.
Subió más y más alto;
sus rodillas empezaron
a temblar.

Más y más arriba:
empezó a sentirse mareado.

Podía ver la colmena
sobre su cabeza.

Y el suelo
allí abajo…

—Ay, Ay —se
lamentó—. ¡Esto no
me gusta!
Estiró una pata y…

¡UPS!

tiró un trozo de la colmena al suelo.

Una abeja
enfadada le picó
en la nariz.

¡Ayy!

Calcetines notó el pinchazo.
—¡Socorro! —gritó—. ¡Me ha picado!

Pero nadie le oyó.

Perezoso volvía a casa aquella noche cuando oyó a alguien quejándose.

¡Ayuda!¡Ayuda!

—¿Eres tú, Calcetines? —le llamó.

—Por favor,
ayúdamea bajar
—dijo Calcetines.

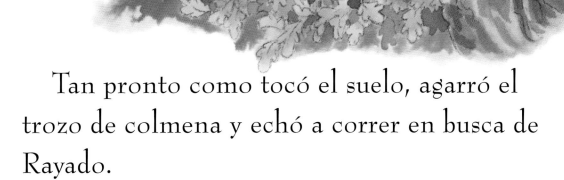

Tan pronto como tocó el suelo, agarró el
trozo de colmena y echó a correr en busca de
Rayado.

—¡Espera aquí, Perezoso! —gritó.

Calcetines volvió con el palo.

—¡Lo has encontrado! —exclamó Perezoso.

La nariz de Calcetines empezó a temblar.

—Calcetines —dijo el oso—, tu nariz vuelve a temblar. ¿Hay algo que quieras contarme?

Y Calcetines se lo contó.

—Me daba miedo explicártelo antes —murmuró.

—Demasiado asustado para contárselo a tu amigo pero no para subirte a un árbol —dijo el oso.

—Lo siento, Perezoso —dijo Calcetines—. ¿Me perdonas?

—Te perdono —dijo Perezoso—. Y ahora, celebremos nuestro banquete de medianoche.